L'EMPEREUR *et le* MONSTRE

PRINCE TAO !
JE VOUS AI DIT DE NE PAS VOUS APPROCHER DE CETTE PORTE…
DE TOUTE FAÇON, JE N'ARRIVE PAS À L'OUVRIR, ELLE EST TROP LOURDE !
PRINCE…
DANS CE MAUSOLÉE DORT UN MONSTRE.
IL NE FAUT PAS, AU GRAND JAMAIS, LE SORTIR DE SA TORPEUR.
UNE FOIS RÉVEILLÉ, IL NE PEUT ÊTRE TUÉ QUE PAR CELUI QUI L'A SORTI DE SON SOMMEIL. C'EST UN ÊTRE IMMORTEL.
IL APPORTERA LA DESTRUCTION DANS NOTRE PAYS.

L'empereur et le monstre
Chapitre 1

DÉSOLÉ.
JE T'AI FAIT ATTENDRE, TAO.
AH OUI...
PARDONNEZ-MOI, VOTRE MAJESTÉ.
HOP
ARRÊTE AVEC TES MANIÈRES.
HI HI !
ALLEZ, DÉPÊCHE-TOI, NOUS ALLONS NOUS ENTRAINER.
OH ? ET TON GROUPE D'ÉTUDES ?
JE N'EN AI PAS.
JE NE FAIS PAS ÇA.
.....

MON PRÉDÉCES-SEUR EST SOUDAINEMENT DÉCÉDÉ.
JE N'AVAIS PAS LE CHOIX.
MON ÉDUCATION N'A ÉTÉ QUE BOURRAGE DE CRÂNE POUR DEVENIR EMPEREUR.
SI JE NE M'EXERCE PAS, JE VAIS M'EMPÂTER.
H… HÉ…
C'EST COMME ÇA QUE PARLAIT TON PÈRE…
IL ÉTAIT IMPITOYABLE ET INHUMAIN.
TU LE SAIS MIEUX QUE QUICONQUE.

NOWAKA.
JE NE SUIS PAS COMME MON PÈRE.
NOUS AVONS BU LE MÊME LAIT, NOUS SOMMES AMIS.
JE DIRAIS MÊME QUE NOUS SOMMES FRÈRES.
OUI !
GRAND FRÈRE !
OÙ ES-TU ?
HÉ, RAMUSHIN, JE SUIS LÀ.
LE PREMIER MINISTRE TE CHERCHE.
AH...
C'EST PARCE QUE J'AI SÉCHÉ LE GROUPE D'ÉTUDES.
VOUS N'ALLEZ PAS VENIR ?

SI JE SUIS CE GENRE D'ENSEIGNEMENT, JE DEVIENDRAI COMME MON PÈRE.
IL SEMBLERAIT, POUR LE BIEN DE NOTRE PAYS…
QUE JE DOIVE APPRENDRE D'AUTRES CHOSES.
MAIS TU DÉTESTES ÉTUDIER…
N'EST-CE PAS, TAO ?
HÉ ! CE N'EST PAS VRAI !
AH AH AH !
AH AH AH !
….
VOTRE MAJESTÉ.

OÙ ÉTIEZ-VOUS AUJOURD'HUI ?
OÙ J'ÉTAIS ET CE QUE JE FAISAIS ME REGARDE.
JE N'AI RIEN FAIT DE MAL.
DANS CE CAS, C'EST PARFAIT, CEPENDANT...
VOUS N'ÊTES PAS MILITAIRE.
IL EST INUTILE QUE VOUS APPRENIEZ À VOUS BATTRE.
CE N'EST PAS VRAI.
QU'EST-CE QUE TU EN SAIS ?

IL PARAITRAIT QUE LE PÈRE DE NOWAKA A CAPTURÉ UN CHÂTEAU D'UNE FORTE IMPORTANCE STRATÉGIQUE LORS DE LA DERNIÈRE GUERRE AVEC UN SEUL MOT.
MAÎTRISER SON ÉPÉE, MAIS AUSSI L'ART DE LA DIPLOMATIE...
N'EST-CE PAS LÀ LES FONDAMENTAUX QUE JE DOIS ÉTUDIER ?
MAIS MON PRÉDÉCESSEUR N'A PAS EXTERMINÉ SES ENNEMIS ET IL S'EST INDIGNÉ.
ALORS IL A FAIT EXÉCUTER LE PÈRE DE NOWAKA.
C'ÉTAIT D'UNE STUPIDITÉ.
DE PLUS, IL N'AVAIT AUCUNE RAISON DE LE TUER.

CELUI QUI NE COMPREND PAS, C'EST VOUS, VOTRE MAJESTÉ.
TAIS-TOI !
L'ANIMOSITÉ NE PEUT JAMAIS ÊTRE RÉSOLUE PAR DES MOTS.
CE SERAIT DE LA FOLIE DE LAISSER LA PORTE OUVERTE À UNE POSSIBLE VENGEANCE.
J'AI MA PROPRE VISION DES CHOSES.
IL Y A DES STRATÉGIES QUI N'IM-PLIQUENT PAS D'EFFUSION DE SANG...
COMME L'A FAIT LE PÈRE DE NOWAKA !

CE NE SONT QUE DES MOTS, VOTRE MAJESTÉ.
DIRE CECI MONTRE VOTRE FAIBLESSE.
DE PLUS, VOUS ÊTES ENCORE TRÈS JEUNE.
JUSQU'À QUAND COMPTES-TU ME PARLER COMME À UN ENFANT ?!
AS-TU PRÉVU D'OUTRE-PASSER TES DROITS ?!

JE ME SUIS OCCUPÉ DE VOUS DEPUIS QUE VOUS ÊTES PETIT, JE M'INQUIÈTE SIMPLEMENT POUR VOUS.
MILLE PARDONS, VOTRE MAJESTÉ.
LAISSE TOMBER.
JE VAIS ME REPOSER.
OUI...
Il a un fort ego, comme son père...
Mais il a besoin qu'on lui montre le chemin.

ザワ BLA
ザワ BLA
BLA ザワ
ザワ
ÉCARTEZ-VOUS !
POUSSEZ-VOUS !
QU'EST-CE DONC QUE CE REMUE-MÉNAGE ?!
NOWAKA... ?

DAKI ! QUE SE PASSE-T-IL ?
SOUS L'ORDRE DE L'ANCIEN EMPEREUR, NOWAKA, FILS DE RAHAO...
VA ÊTRE EXÉCUTÉ POUR COMPLOT CONTRE L'EMPEREUR TAO.
QU... QU'EST-CE QUE TU RACONTES ?!
NOWAKA EST MON AMI !
PAUVRE MAJESTÉ...
VOUS ÊTES SI NAÏF.
VOUS AVIEZ LA MÊME NOURRICE, IL VOUS INVITAIT SOUVENT À PRATIQUER L'ÉPÉE AVEC LUI...
IL AURAIT FINI PAR METTRE SA LAME SOUS VOTRE GORGE.

VOUS AVEZ SOUS VOS YEUX UNE VENGEANCE.
......
TAO...
JE VAIS MOURIR QUOI QUE JE FASSE.
TU SAIS QUE C'EST UN MENSONGE, NON ?
J'AIMERAIS QUE TU ME CROIES.

JE N'AI JAMAIS EU DE RANCUNE ENVERS TOI.
TU AS TOUJOURS ÉTÉ MON AMI ET MON FRÈRE.

Ah... est-ce de la rancune ?

J'ai vu mon ami mourir.
FWIT
TAP
TAP
Je l'ai vu, mais je n'ai rien pu faire.
SNIF...
HA...
Je n'ai aucune autorité.
Je ne suis rien d'autre qu'une marionnette.
Je suis incompétent.
Je n'ai nulle part où aller.

Le mausolée du monstre endormi...
......
Est-ce la vérité... ?
HIII...
Ma vie d'incapable...
DONG...

ゾク…
BRR
MONSTRE.
JE VIENS TE RÉVEILLER.
SSH
BRR

AH
Mmh...
Oh !
Oh...
BRR
BRR
BRR
GRR
GRR
HA...
HA !
GRR
HA...
SSH
SSH

AH...
A.....
GRR
AH !
BRR
......
HOP
HA..
......
... !
CHOPE

PARDONNE-MOI...
NITA.

PAF
QU...
AH !
AH !
TU ME CONFONDS AVEC QUELQU'UN D'AUTRE !
JE SUIS LE 43^{E} EMPEREUR DU PAYS D'ISE !
TAO !

......
J'AI CONQUIS LES SEPT ROYAUMES...
SSH
JE SUIS UTOSA, LE PREMIER EMPEREUR.

L'empereur et le monstre

Chapitre 2

.....
SSH
タタッ
HA HA HA !
HA HA HA !
J'AI L'IMPRESSION D'ÊTRE UN CHAT QU'ON GARDE CACHÉ.
MÊME SI JE N'AI PAS BESOIN DE ME SUSTENTER POUR VIVRE.
....
EST-CE...
VRAI ?

CE QUE TU AS DIT SUR LE PREMIER EMPEREUR...
EST-CE LA VÉRITÉ ?
ÇA L'EST.
MAIS MON SANG NE COULE PAS DANS TES VEINES.
QU...
QUE VEUX-TU DIRE ?
......
TU LUI RESSEMBLES COMME DEUX GOUTTES D'EAU.
À MA FEMME...
L'IMPÉRATRICE NITA.
!

À L'ORIGINE, CE NOUVEAU PAYS ÉTAIT COMPOSÉ DE SEPT ROYAUMES.
IL EST DIT QU'UNE GUERRE CIVILE POUR LE POUVOIR SECOUAIT LA COUR IMPÉRIALE DEPUIS UNE CENTAINE D'ANNÉES.
MAIS LES TENSIONS SE SONT APAISÉES QUAND NITA, LA PRINCESSE DU PLUS GRAND ROYAUME, SE MARIA.
CEPEN-DANT...
ELLE NE RÉUSSIT PAS À AVOIR UN FILS.
SANS HÉRITIERS, ELLE ALLAIT PERDRE SON POUVOIR.
ELLE A ÉNORMÉMENT SOUFFERT D'ÊTRE PRISE DANS CE DILEMME.
ELLE M'A DONNÉ UN POISON.
J'IGNORE LA SUITE,
MAIS QUAND JE TE REGARDE...

ALORS...
JE...
JE NE SUIS PAS DE LA LIGNÉE ROYALE... ?
JE VOIS QUE SON SANG COULE DANS TES VEINES.
IL N'Y A AUCUN DOUTE QUE JE SUIS LE 43E EMPEREUR !
ALORS POURQUOI NOTRE NOM A-T-IL PERDURÉ ?!
C'EST PROBABLEMENT POUR CELA QU'ILS N'ONT PAS RENDU MA MORT PUBLIQUE ET L'ONT REMPLACÉE PAR L'EXISTENCE D'UN EMPEREUR.
C'EST SUPER QUE L'EMPIRE AIT TENU 500 ANS !
AH AH AH !
MMH...
JE SAIS QUE CE PAYS N'AURAIT PAS EXISTÉ SANS MOI...
SI J'ÉTAIS MORT, LE PAYS SE SERAIT IMMÉDIATEMENT EFFONDRÉ DE L'INTÉRIEUR.

......
TU...
TU RIS D'UN RIEN !
L'IMPÉRATRICE T'A QUAND MÊME EMPOISONNÉ !
CE N'EST PAS GRAVE, GRÂCE À ÇA, JE NE SUIS PAS MORT.
LES HOMMES DOIVENT MOURIR !
HI HI !
JE SUIS DONC UN MONSTRE IMMORTEL ?
CETTE TERRE EST TELLEMENT VASTE.
PAS ÉTONNANT QU'IL Y AIT DE LA MAGIE DE CE GENRE.
AH AH AH !
QUEL DRÔLE...
DE BON-HOMME...

MES CHEVEUX...
ONT POUSSÉ ET SONT DEVENUS BLANCS.
MMH...
ET MES POILS D'ICI...
ゴソ
FROUSH
HÉ !
......
TU VEUX VOIR ?
CER-TAINE-MENT PAS !
EST-IL VRAIMENT LE PREMIER EMPEREUR QUI A FONDÉ CE PAYS ?
BREF, DIS-MOI...
EST-CE QUE TON PEUPLE EST HEUREUX ?

QUE T'ARRIVE-T-IL ?
JE N'EN SAIS RIEN.
ON NE ME LAISSE ENTENDRE QUE DES CONVERSATIONS QUI LES ARRANGENT.
POURQUOI ?
TU NE PEUX PAS VOIR TON PAYS DE TES PROPRES YEUX ?

SSH
C'EST QUE... !
C'EST QUE...
EST-CE QUE JE PEUX LE FAIRE ?
PARCE QUE JE ME SUIS OPPOSÉ AU PREMIER MINISTRE...
MON AMI NOWAKA A ÉTÉ TUÉ.
JE COMPRENDS MIEUX...

C'EST PARCE QUE JE N'AI PAS DE POUVOIR...
QUE NOWAKA EST MORT !
JE N'AI PAS LE DROIT DE LE PLEURER...
QUI PARMI NOUS N'A PAS FAIT LE DEUIL D'UN AMI ?
SI TU NE LE FAIS PAS, TON COEUR FINIRA PAS SE CHANGER EN PIERRE.
...?!
FWIP
BRR
AH...

AH... !
AAAH...
Elle était ici jusqu'à présent.
AH !
AAAH !
Cette personne qui s'inquiétait pour le peuple et a vu juste dans mon cœur...
C'EST LA PREMIÈRE FOIS QU'ON ME SERRE AUSSI FORT...
CETTE PERSONNE NE REVIENDRA PAS, MAIS...
TU POURRAS SURMONTER CE CHAGRIN.
C'EST COMME ÇA QUE J'AI CONSTRUIT CE PAYS.

SI PERSONNE DANS LA COUR IMPÉRIALE NE TE SOUTIENT...
JE LE FERAI.
TES YEUX SONT BEAUX ET PROFONDS.
JE NE LES LAISSERAI PLUS JAMAIS S'EMBRUMER.
Oui... Je n'ai pas encore aban-donné.
DAKI.

DURANT CES 500 DERNIÈRES ANNÉES, IL SEMBLERAIT QUE LE PAYS AIT PERDU DE SA SUPERBE.
J'AI ENTENDU QUE PLUS LES PERSONNES SONT LOIN DE LA CAPITALE, PLUS ILS SONT PAUVRES...
DE PLUS, ILS DOIVENT PAYER UN IMPÔT POUR VIVRE, CE SONT DES SORTES D'ESCLAVES.
......
C'EST DANS L'INTÉRÊT DU PAYS.
C'EST BÉNÉFIQUE POUR LE POUVOIR DE LA NATION.
NON.
LE POUVOIR DE LA NATION EST SON PEUPLE.
IL S'EN EST VITE REMIS...
AH AH ! C'EST UNE MAGNIFIQUE FAÇON DE VOIR LES CHOSES.
MAIS, VOTRE MAJESTÉ...
C'EST TROP BEAU POUR ÊTRE LA RÉALITÉ.

VOUS ÊTES TRÈS GENTIL.
MAIS LA POLITIQUE N'EST PAS AISÉE.
CE N'EST PAS SIMPLEMENT DE LA GENTILLESSE.
JE SUIS RÉALISTE.
De qui tient-il sa sagesse... ?
Mais... C'est moi son tuteur.
Je suis celui qui conseille l'empereur dans ce pays...
M. LE PREMIER MINISTRE.
VOUS M'AVEZ APPELÉ ?
OUI.
IL SEMBLERAIT QUE NOTRE EMPEREUR VOIT QUELQU'UN EN CE MOMENT...

Notre complot n'est pas encore assez élaboré, mais nous ne pouvons plus attendre.
SI TU ARRIVES À TROUVER CE LIEU SECRET, CAPTURE TOUS CES RATS.
À VOS ORDRES !
IL EST TEMPS QUE VOUS PRENIEZ CONSCIENCE DE VOTRE POSITION...
C'est facile de prendre la place d'un empereur qui n'a pas de soutien...
Ce siège qu'il laissera sera pour moi.
QUE FAIS-TU DEPUIS TOUT À L'HEURE ?
RIEN...
IL N'Y AVAIT PAS CETTE CHOSE IL Y A 500 ANS.
ALORS COMMENT FAISIEZ-VOUS POUR VOUS ÉCLAIRER ?
IL Y AVAIT DES SERVITEURS QUI PORTAIENT DES TORCHES.
DES SERVITEURS ?!

OUI.
LES REN-DEZ-VOUS SECRETS NE POUVAIENT SE FAIRE QUE SOUS LA LUNE.
?
PAR EXEMPLE...
FWISH
CES MOTS...
LES SERVITEURS POUVAIENT L'ENTENDRE.
JE T'AIME... TAO.
AAAAH !
AH AH AH !
......

HA...
ÇA VEUT DIRE...
QU'IL NE DOIT PAS Y AVOIR DE SERVITEUR ICI.
?!
HEIN... ?
AH !
TAP
FWISH

SSH
UN...
MONSTRE...
IL A LES CHEVEUX BLANCS...
C'EST LE MONSTRE QUI DORMAIT DANS LE MAUSOLÉE...
AH AH !
PAS BESOIN D'AVOIR AUSSI PEUR, JE NE VAIS PAS VOUS MANGER.
FWIT
IL A DOMPTÉ UN MONSTRE...
METTEZ CETTE CRÉATURE DERRIÈRE LES BARREAUX.
!

JE SUIS L'EMPEREUR DE CE PAYS !
LÂCHEZ-MOI !
HÉ !
VOUS M'ENTENDEZ ?!
HÉ !

......
TU N'AS DE MONSTRE QUE LE NOM...
MMH ?
POURQUOI TU NE T'ES PAS DÉBATTU ?
AH...

POUR MOI, ÊTRE DANS LE MAUSOLÉE OU...
ÊTRE EN PRISON, C'EST LA MÊME CHOSE.
TU NE PENSES QU'À TOI !
....?
SSH
Hi hi !
AH !
FWIT
SSH
QUOI ? CE N'EST QU'UNE SOURIS.
BRR
C'EST...
LA PREMIÈRE FOIS QUE J'EN VOIS UNE.
UNE SOURIS VIVANTE.
AH !
MMH...
TU N'AS JAMAIS VU DE SOURIS.
FWIT
Hi hi !

ALORS C'EST NORMAL...
AH
QUE TU N'AIES PAS VU L'ÉTAT DE TON PAYS.
JE SUIS PITOYABLE..
ALORS, ON A BIEN FAIT DE VENIR ICI.
COMME MAINTE-NANT...
HEIN ?

REGARDE.
IL SEMBLERAIT QUE LES PERSONNES QUI DÉRANGENT LA COUR IMPÉRIALE ONT TENDANCE À FINIR ICI.
QUOI ?

VOUS…
VOUS ÊTES SA MAJESTÉ L'EMPEREUR… ?
COMMENT ?
VOTRE MAJESTÉ…
TAO ?!
C'EST VOUS N'EST-CE PAS ?!
BAM
POURQUOI ÊTES-VOUS ICI ?

L'empereur et le monstre

Chapitre 3

AH AH AH...
ALORS CE TRAITRE A MÊME MIS L'EMPEREUR EN PRISON ?
...!
......
SSH
SEIGNEUR GETSU ?!

JE VOIS...
IL SEMBLERAIT QUE NOTRE JEUNE EMPEREUR NE SOIT PAS STUPIDE.
QUOI QU'IL EN SOIT, VOUS AVEZ AVEC VOUS UN EXTRAORDINAIRE VASSAL.
JE NE L'AI JAMAIS VU, QUI EST-CE ?

I...
IL S'AGIT DE...
IL PARAITRAIT QUE...
JE SUIS LE MONSTRE DU MAUSOLÉE.
......
COMMENT ?!
ON RACONTE QUE L'EMPIRE COURAIT À SA PERTE SI ON LE RÉVEILLAIT...

PFF...
AH AH AH !
CE DIABOLIQUE MONSTRE RESSEMBLE À UN HUMAIN ?
SSH
PARDONNEZ MON IMPOLITESSE.
JE SUIS GETSU, GÉNÉRAL DE L'EMPIRE D'ISE.

GÉNÉRAL... ?!
VOUS ÊTES CENSÉ ÊTRE ABSENT DE LA CAPITALE...
OUI...
C'ÉTAIT LE CAS À L'ORIGINE...
DU TEMPS DE VOTRE PÈRE, J'ÉTAIS À SON SERVICE EN TANT QUE GÉNÉRAL.
CEPENDANT, À SA MORT...
LE PREMIER MINISTRE DAKI A ÉCRASÉ LES UNES APRÈS LES AUTRES LES PERSONNES QUI AVAIENT AUTANT DE POUVOIR QUE LUI.
CE FUT ÉGALEMENT LE CAS AVEC MOI...

PUIS, LE PAYS VOISIN NOUS A SOUDAINEMENT ENVAHIS. PENDANT QUE NOUS MENIONS LA DÉFENSE, LE PIÈGE DE DAKI S'EST REFERMÉ SUR NOUS.
LES COMMANDANTS RESCAPÉS ONT FINI ICI.
.....!
DAKI A VENDU LES TERRES À LA FRONTIÈRE AU PAYS VOISIN POUR LES ENRICHIR ET A FORCÉ CELUI-CI À MENER DES GUERRES PLANIFIÉES.
HEUREUSEMENT, GRÂCE À QUELQUES COMMANDANTS RÉGIONAUX ET AUX PEUPLES, TOUT CECI A PU CESSER.
MAIS OFFICIELLEMENT, C'ÉTAIT NOTRE FAUTE SI NOS DÉFENSES ÉTAIENT TOMBÉES.

AUJOURD'HUI, LES CÉLÈBRES COMMANDANTS MILITAIRES SONT CONSIDÉRABLEMENT MOINS NOMBREUX ET SONT ENVOYÉS AU FIN FOND DE L'ARRIÈRE-PAYS
IL NE RESTE À LA CAPITALE QUE L'ARMÉE ROYALE, QUI EST ÉVIDEMMENT SOUS LA COUPE DE DAKI.
...!
......
IL S'ENTOURE DE LA PLUS GRANDE ARMÉE DU PAYS.
IL N'A PEUR DE RIEN.
C'EST VRAI QU'IL NOUS A DÉPOUILLÉS DE TOUTE NOTRE FORCE.
CEPENDANT...
NOUS IGNORIONS QUE DANS NOTRE DOS, TOUS LES CHEFS MILITAIRES COMPLO-TAIENT POUR CONTRÔLER L'ARMÉE TOUTE ENTIÈRE.

ILS SE SONT TOUS ALLIÉS ?
C'EST ÇA.
NOUS VOULONS PURGER CE PAYS DE CETTE VERMINE.
PURGER...
CE PAYS ?

COMMENT ?
UN MONSTRE A PEUR POUR NOTRE PAYS ?
C…
C'EST LE…
TAO.
COMME CET HOMME VIENT DE LE DIRE, L'AVENIR DE L'EMPIRE D'ISE EST SOMBRE.
MAIS…
LA LUMIÈRE POUR VOUS SAUVER EST ICI.
GÉNÉRAL GETSU.
NE PENSEZ-VOUS PAS QU'IL SOIT ENCORE TROP TÔT POUR MOURIR ?

JE CROIS QUE CE QUI SE PASSE DANS CE PAYS AUJOURD'HUI EST UN DESTIN IMMUABLE.
LES REBELLES SONT DÉJÀ EN MARCHE DEPUIS 20 JOURS MAINTENANT.
NOUS AVONS ENVOYÉ DES ESPIONS, NOUS DEVONS JUSTE ATTENDRE LE JOUR J.
ILS SERONT BIENTÔT AUX PORTES DE LA CAPITALE.
......
CEPENDANT...
EST-CE LE DESTIN QUI A VOULU QUE NOUS CROISIONS LA ROUTE DE L'EMPEREUR LE JOUR DE LA BATAILLE ?

FWIP
VOTRE MAJESTÉ IMPÉRIALE TAO !
QU'EST-CE QUI EST LE PLUS IMPORTANT POUR UN PAYS ?
......
C'EST...

SON PEUPLE !
UN PAYS EST UN PAYS QUAND SON PEUPLE L'APPELLE AINSI.
.....
EST-CE QUE J'AI DIT QUELQUE CHOSE DE BIZARRE ?
AH AH AH !

JE PENSE COMME VOUS.
VOTRE MAJESTÉ.
À PARTIR D'AUJOURD'HUI, MON PAYS EST À VOUS.
TU VOIS, TU AS ENCORE...
DES ALLIÉS DANS TON EMPIRE.
FRISH
LA TERRE TREMBLE...
FRISH
L'ARMÉE REBELLE VA ARRIVER.

FRSH
BON.
FRSH
LA BATAILLE D'AUJOURD'HUI OPPOSERA NOTRE EMPEREUR À DAKI. UN COMBAT POUR REPRENDRE NOTRE PAYS.
BRRRRR
BANG
TAP
TAP
SEIGNEUR GETSU ! NOUS AVONS MARCHÉ JUSQU'AU CHÂTEAU.
TENEZ, DES ARMES !
OUVREZ AUSSI LA CELLULE D'EN FACE.
CHOPE
À VOS ORDRES !

TAP
TAP
DÉLIVREZ CE MESSAGE.
AUJOURD'HUI, NOUS REPRENDRONS LA CAPITALE DES MAINS DE DAKI !
...!
NOTRE PAYS A SON EMPEREUR AVEC LUI !
MONSTRE.
JE CROIS EN TON JUGEMENT.
NE LAISSE PAS MOURIR NOTRE SOUVERAIN.

M...
MOI AUSSI JE VEUX ME BATTRE !
AH AH !
UN EMPEREUR SE REPOSE SUR SES VASSAUX LORS D'UNE BATAILLE.
TU...
TU DIS ÇA, MAIS TU ES TOI AUSSI UN...
NE T'EN FAIS PAS.
JE SUIS IMMORTEL.
DEHORS, C'EST UN CHAMP DE BATAILLE.
RESTE PRÈS DE MOI.

BRRR
La terre tremble et j'entends les voix des soldats...
Ce n'est pas une petite bataille...
AAAAAHH
FWISH

......
AAAAH
AH...
!
AAH !
PAF
GLANG
PAF
AH !
FWIT
AAH- !
GLANG
UTOSA.
HÉ, UTOSA.
POURQUOI AS-TU UNIFIÉ LES SEPT ROYAUMES ?

POUR ARRÊTER LES DIFFÉRENTES QUERELLES QUI LES DIVISAIENT.
JE ME SUIS DIT QUE ÇA AURAIT ÉTÉ PLUS SIMPLE AVEC UN SEUL PAYS.
ET ON NE POUVAIT PAS RESTER SEULS.
JE VOULAIS QU'ON DEVIENNE UN SEUL PEUPLE.

HA !
HA !
TCHAC
QUE SE PASSE-T-IL ?!
AAAAH
QU...
QU'EST-CE QUE C'EST... QUE ÇA... ?
SEIGNEUR DAKI ! REVENEZ À L'INTÉRIEUR !
LES COMMANDANTS DES PROVINCES ET LEURS ARMÉES ONT ENVAHI LA CAPITALE.
COMMENT ?!
C'EST NOTRE PAYS POURTANT !
C...
CE N'EST PAS VRAI... JE NE LEUR PARDONNERAI PAS...
AH... !

C'EST...
L'EMPEREUR ET LE MONSTRE... !
FWISH
B-BON...
JE VAIS LE FAIRE D'ICI...
ARMÉE ROYALE !
L'HOMME AUX CHEVEUX BLANC EST LE MONSTRE DU MAUSOLÉE ! NOTRE EMPEREUR L'A UTILISÉ POUR DÉTRUIRE NOTRE PAYS !
LES FORCES REBELLES QUI MENACENT LA CAPITALE SONT LES ALLIÉS DE L'EMPEREUR ! NOUS DEVONS CAPTURER LA TÊTE DU TERRIBLE SEIGNEUR TAO, QUI PERTURBE L'ORDRE DE CE PAYS !

DAKI... ?!
BRRR

L'empereur et le monstre
Chapitre 4

MONSTRE.
NOTRE ARMÉE SE DIRIGE VERS LES HOMMES DE DAKI.
C'EST MAINTENANT QUE L'ARMÉE ROYALE SE DIVISE.
JE M'OCCUPE DU PREMIER MINISTRE.
LORSQUE LE CHEMIN SERA DÉGAGÉ, J'IRAI PRENDRE LA TÊTE DE CE TRAITRE.
ÊTES-VOUS ABSOLUMENT CERTAIN D'ARRIVER À L'ATTEINDRE ?
WAAAAAH
AH AH...
TOI...
TU ARRIVERAS BIEN À PROTÉGER NOTRE EMPEREUR D'UNE ARMÉE.

OUI, JE SUIS SON BOUCLIER INDESTRUCTIBLE.
IL NE MOURRA PAS.

FWISH
SSH
?!
BAM
PAF
BAM
AH !
ARG !
FWISH
LEUR PREMIÈRE LIGNE EST DÉTRUITE.
FONCEZ !
WAAAAH
...!

AVEC MOI !
À VOS ORDRES !
WAAAH
BAM
BAM
BAM
FWIP
BON…
RESTE DERRIÈRE MOI.
TAO.
Il est…
Aussi un empereur…

Ce n'est pas...
PAF
Ce n'est pas un dieu de la guerre ?
L'empereur qui a unifié les sept royaumes, celui à l'origine de ce pays...
......

Ce pays est-il...
Vraiment à moi... ?
FWISH
FWIP
... !
AH...
AH...
TAO.

?!
NOWA...
KA...
AH...
Ce n'est... pas lui...
Je me tiens debout dans ce pays...
Le corps de mon ami...
Les corps de mon peuple s'en-tassent...
Pleins de regrets.

CHOPE
FWISH
!
UTOSA !
SSH
JE SUIS VIVANT !
JE... !
NE MOURRAI PAS ICI !

OUI...
NOUS SOMMES TOUS LES DEUX VIVANTS !
FWIP
AH !
PAF
PAF
ARG !
PAF
AH !

SSH
FWIP
TING
FWIP
...!
UTOSA !
SSH
SSH
FWIP
LES ARCHERS !
FWUT!

UTOSA !
.....
AH...
MON CŒUR EST LITTÉRALEMENT EN PIERRE.
HONNÊTEMENT, JE N'AVAIS PAS RÉELLEMENT L'IMPRESSION D'ÊTRE IMMORTEL, MAIS...
JE COMPRENDS MIEUX.
FWIP
UTOSA ?
FW.TT
JE SUIS VRAIMENT UN MONSTRE.

BAM
......
UTOSA ! NOUS MARCHONS AVEC LE FRONT ALLIÉ.
NE TENTE PAS L'IM-POSSIBLE !
FWUSH
PSH
SSH
SSH

QU'EST-CE QUI SE PASSE ?
FWISH
SA BLESSURE S'EST REFERMÉE...
C'EST UN MONSTRE...
UN MONSTRE...
C'EST UN MONSTRE !
Arrêtez...
Vous avez tort...
Ce n'est pas...
AH...
ILS EN METTENT DU TEMPS !
LES REBELLES SE FRAYENT DÉJÀ UN CHEMIN JUSQU'AU CHÂTEAU.
SEIGNEUR DAKI ! J'AI AMENÉ SON ALTESSE RAMUSHIN.
FWISH
TU ES EN RETARD !

NOUS DEVONS LE PROTÉGER...
QUOI ?!
FWIP
!
LE PROTÉGER ?
T'ES COMPLÈTEMENT STUPIDE ?
IL VA ÊTRE MON BOUCLIER !
FWIP
AH !
AAH !!
FWISH
AH !

HA...
HA...
DAKI...
GETSU ?!
T...
TUEZ-LE !
TUEZ L'EMPEREUR IMMÉDIATEMENT !

TUEZ..
......
FWIP
......
SSH
DONG
ゆら
SSHH
!
FWISH
BAM

SPLASH
AH...
AH !
VENEZ PAR ICI, VOTRE ALTESSE !
FWIP
BAM
!?
SEIGNEUR... DAKI ?
ÉCOUTEZ-MOI !
LE PREMIER MINISTRE DAKI A ÉTÉ VAINCU !

ARRÊTEZ TOUT, CE COMBAT N'A PLUS LIEU D'ÊTRE.
NOUS SOMMES UN SEUL ET MÊME PEUPLE !

UTOSA !
UTOSA !
FWISH
BRR
... !
HÉ..
REGARDE..
ÇA..
SES BLESSURES SE REFERMENT.
CETTE HISTOIRE EST VRAIE ALORS.
C'EST BIEN LE MONSTRE INVINCIBLE..
QUI APPORTERA LA DESTRUCTION...

FWISH
... !
SEIGNEUR GETSU !
V... VITE, IL FAUT S'OCCUPER DES BLESSÉS... !
LES MÉDECINS ROYAUX, OCCUPEZ-VOUS DES SOLDATS GRAVEMENT BLESSÉS !
LES MÉDECINS MILITAIRES, OCCUPEZ-VOUS DU FRONT.
À VOS ORDRES !
CE N'EST PAS POSSIBLE... CETTE BLESSURE EST TROP PROFONDE !
HÉ... HÉ !
OUVRE LES YEUX !
VENEZ VITE !
ON VIENT DU MÊME VILLAGE... !
VENEZ M'AIDER !

TOUT VA BIEN ?
NOUS DEVONS AIDER LES BLESSÉS.
JE N'AI RIEN.
UTOSA !
...?

TU ES BLESSÉ.
PAS UNE BLESSURE PHYSIQUE, C'EST VRAI.
MAIS TU AS UNE BLESSURE INVISIBLE.

JE NE L'OUBLIERAI PAS.

L'empereur et le monstre

Chapitre 5

BLA
BLA
V...
VOTRE MAJESTÉ.
NE GÊNEZ PAS LES SECOURS !
AH...
FWISH
PARDONNEZ MON IMPOLITESSE DE TOUT À L'HEURE.
JE...
JE NE VOUS AVAIS PAS RECONNU...
J'IGNORAIS QUE VOUS ÉTIEZ SUR LE CHAMP DE BATAILLE...

JE VOUS EN PRIE, PUNISSEZ-MOI...
POF
スッ
VOUS AVEZ FAIT UN ADMIRABLE TRAVAIL.
JE COMPTE SUR VOUS POUR LA SUITE.
OUI...
QU'IL EST TOLÉRANT...
MÊME DES SOLDATS COMME NOUS QUI ÉTAIENT À L'ARRIÈRE ONT REÇU DES REMERCIEMENTS.
MAIS...

LE MONSTRE DE TOUT À L'HEURE..
IL VA CONTINUER À HANTER NOTRE MONDE.
...!
AH, TU ÉTAIS LÀ !
TAP
OÙ VAS-TU, UTOSA ?
JE TE CHERCHAIS, C'ÉTAIT TROP BRUYANT À L'INTÉRIEUR ?

NON...
PARFAIT.
LE GÉNÉRAL M'A VANTÉ TES MÉRITES MILITAIRES.
QUE DIS-TU D'UN TITRE DE CHEVALIER ET D'UNE RÉSIDENCE À LA CAPITALE ?
MOI AUSSI JE SUIS UN PEU NERVEUX...
TU SERAS TOUJOURS LÀ, AUPRÈS DE MOI...
TAO.

CE N'EST PAS POSSIBLE.
AH...
JE VOIS...
C'ÉTAIT IMPOLI DE DIRE QUE TU RESTERAIS PRÈS DE MOI.
ALORS, EXPLIQUE-MOI COMMENT RASSEMBLER LE PEUPLE.
TU ES LE PREMIER EMPEREUR APRÈS TOUT...

TAO.
ALORS JE DEVRAIS LEUR EXPLIQUER POUR TOI.
......
JE N'AI PAS MA PLACE DANS CE PAYS.
JE SUIS LE MONSTRE QUI APPORTERA LA DESTRUCTION.

C'EST…
C'EST JUSTE POUR ÇA ?!
EST-CE QU'UN SOUVERAIN QUI S'INQUIÈTE POUR SON PEUPLE ET SON PAYS APPORTERAIT LA DESTRUCTION ?
TU ES HUMAIN !
TON CŒUR EST HUMAIN.

EST-CE QUE TON PEUPLE EST HEUREUX ?
QUI PARMI NOUS N'A PAS FAIT LE DEUIL D'UN AMI ?
SI TU NE LE FAIS PAS, TON COEUR FINIRA PAR SE CHANGER EN PIERRE.
SI PERSONNE DANS LA COUR IMPÉRIALE NE TE SOUTIENT...
JE LE FERAI.
FWIT

QU'EST CE QUE JE FERAI SI MON COEUR SE CHANGE EN PIERRE ?
......
SI TU N'ES PAS LÀ, JE...
SSH
... !

QUAND ON M'A TIRÉ EN PLEIN CŒUR...
LA FLÈCHE A FAIT UN BRUIT SOURD ET ELLE S'EST ARRÊTÉE.
J'AI UNE PIERRE DANS LA POITRINE.
IL NE BAT PLUS.
JE LE SAIS.
JE VAIS CESSER D'ÊTRE HUMAIN.
J'AI PEUR QUE CE QUE JE POURRAIS DEVENIR FINISSE PAR EFFRAYER LES HABITANTS.
JE NE VEUX PAS QUE CE PAYS SOIT ENGLOUTI PAR LES TÉNÈBRES.

LE GÉNÉRAL GETSU EST UN ALLIÉ PUISSANT.
NE T'INQUIÈTE PAS.
TU N'ES PLUS SEUL.
SSH
......

...?!
BRR
TAO ?
SNIF
PLIC
JE LE SAVAIS, CETTE BLESSURE NE DISPARAIT PAS.
!
LE MONSTRE DU MAUSOLÉE...
NE PEUT MOURIR QUE DE LA MAIN DE CELUI QUI L'A RÉVEILLÉ.
UTOSA.
TU N'ES PAS UN MONSTRE IMMORTEL.

IL Y A QUE MOI DANS CE MONDE QUI PUISSE TE BLESSER.
TU PEUX AGIR COMME UN SIMPLE HUMAIN QUAND TU ES DEVANT MOI.

ALORS, RESTE À MES CÔTÉS...
FWISH
C'EST VRAI...
TAO...
IL N'Y A QUE DEVANT TOI...
QUE MON CŒUR S'ADOUCIT.
J'AIME CE PAYS.
J'AIME CE PEUPLE.
ET PAR-DESSOUS TOUT, JE T'AIME TAO.

SI JE PEUX PROTÉGER TOUTES CES CHOSES...
JE NE CRAINS PAS DE RESTER ÉTERNELLEMENT SEUL.
ADIEU.
TAO.

À ce moment-là...
J'ai compris que je n'arriverai pas à le retenir, Utosa allait partir.
À cette époque...
J'ignorais pourquoi je souhaitais qu'Utosa reste à mes côtés...

MON FRÈRE !
MON FRÈRE !
DANS UNE STATION THERMALE DU NORD DU PAYS...
HEIN ?
DE QUOI TU PARLES, RAMUSHIN ?

DE LUI...
DES PERSONNES ONT APERÇU UN MONSTRE AUX CHEVEUX BLANCS AU MILIEU DE LA NUIT.
MAIS SON APPARENCE N'ÉTAIT PAS HUMAINE...
RAMUSHIN.
TU NE TE SOUVIENS PAS D'UTOSA.
LE MONSTRE DU MAUSOLÉE...
NE ME DIS PAS...
FWISH
ガタッ

UNE FOIS DEVENU UN MONSTRE, IL NE REDEVIENDRA PAS HUMAIN.
ET ÇA N'EFFACE PAS MON CRIME DE L'AVOIR RÉVEILLÉ.
DAKI L'AVAIT DIT, J'AI RÉVEILLÉ LE MONSTRE.
JE NE DIS PAS QU'IL NE RESTE PAS DES PERSONNES QUI SE MÉFIENT DE MOI.
......
MAIS IL Y A UN GRAND NOMBRE D'HABITANTS QUI T'ADORE... !

OUI...
J'AI AMÉLIORÉ AU MIEUX LES TENSIONS QUI DIVISAIENT NOTRE EMPIRE DEPUIS DIX ANS.
MAIS NOUS EN AVONS DÉJÀ PARLÉ.
RAMUSHIN.
UNE FOIS ADULTE, JE TE DONNERAI LE POUVOIR.
CETTE NUIT-LÀ...
UTOSA A DIT QU'IL NE DEVIENDRAIT PAS LA CALAMITÉ DE NOTRE PAYS.

CES MOTS...
JE...
LES COMPRENDS UN PEU DÉSORMAIS.
LES HUMAINS CRAIGNENT LES MONSTRES.
ILS N'AIMENT PAS CE QUI EST DIFFÉRENT.
NOUS NE POUVONS PAS RÉELLEMENT COMPRENDRE À MOINS D'ÊTRE SEMBLABLES.
UN MONSTRE EST...
UN MONSTRE.
......

MAIS À MES CÔTÉS...
......
Utosa.
Tu n'as pas pensé à ce jour durant ces dix dernières années.
Où es-tu ? que fais-tu ?
Es-tu toujours plongé dans la solitude ?
......
FWIT

Est--ce que je peux la comprendre ?
Puis-je me rapprocher de toi ?
J'ai bien réfléchi...
Je comprends enfin ton "Je t'aime".
Je pensais comme toi.
MON FRÈRE !

HA !
HA !
TU VAS...
VRAIMENT PARTIR ?
LES PERSONNES QUI L'ONT VU ON DIT QU'IL N'ÉTAIT PAS HUMAIN...
CE N'EST PEUT-ÊTRE PLUS LE UTOSA QUE TU AS CONNU.
ET CELUI QUI POURRA LE SORTIR DE SA TORPEUR...
JE SUIS CELUI QUI L'A RÉVEILLÉ.
C'EST MOI.

La solitude dans laquelle tu vis depuis dix ans n'a-t-elle pas assez duré ?
Je me demande si on aura la réponse quand on se reverra.

L'empereur et le monstre
Chapitre 6

EST-CE ICI ?
TAP
Cette source thermale est en ruine.
TAP
On m'a dit qu'elle existerait depuis l'époque du premier empereur...
SHH

パキ…
TING
!
Un bâtiment magnifique qu'on laisse tomber en ruine, comme Utosa en quelque sorte.
AH...
JE VOIS.

Il l'a construit pour l'impératrice.
Cette source thermale...
C'est ici que nuit après nuit, il espérait la voir...
C'est ça, Utosa ?

TAP
ハロ キッ
......
AH...
SNIF
ミュッ..

FWISH
...?
AH !
......
UTOSA ?

FWISH
UTOSA !
UTOSA, C'EST BIEN TOI ?!
QU'EST-IL ARRIVÉ À TON CORPS... ?
POURQUOI FUIS-TU ?
JE N'AI PAS PEUR DE TOI.
RÉPONDS-MOI, UTOSA.

AT...
TAP
ATTENDS-MOI !
UTOSA !
TAP
NE PARS PAS !
EST-CE QUE TU COMPRENDS AU MOINS CE QUE JE DIS ?!
TAP
TAP
TAP
TU AS PERDU TA LANGUE ?!
LA SOLITUDE T'A-T-ELLE TRANSFORMÉ DAVANTAGE EN MONSTRE ?

Remarque-moi, Utosa...
HA...
HA...
HA...
HA...
Ne t'en va pas...
Remarque-moi !
AH...
HA !
FWIP
UTOSA !

UTOSA !
C'EST MOI ! TAO !
TU NE M'AS PAS OUBLIÉ ?!
UTOSA, TU…
ENTRE MES MAINS…
TU N'ES PAS UN MONSTRE !
SOUVIENS-TOI !

UTOSA !
FWIP
UTOSA !
SSH
TAO...

...!
TAO !
OUI C'EST MOI !
TAO...

NE T'INQUIÈTE PAS.
LES TÉNÈBRES ONT ÉTÉ ÉCARTÉES.
TU ES DÉSORMAIS DANS MES BRAS.

C'ÉTAIT TERRIBLEMENT LONG...
D'ÊTRE DANS LES TÉNÈBRES...
TAO...
TU AS BIEN GRANDI.
JE VOULAIS ÊTRE GRAND...
AVANT DE TE REVOIR.

UN JOUR...
JE TE RENDRAI HUMAIN DE MES PROPRES MAINS.
ALORS, CE JOUR-LÀ...
NOUS POURRONS MOURIR ENSEMBLE...
......

!
TU N'AS PAS CHANGÉ.
TES YEUX SONT TOUJOURS...
AUSSI BEAUX ET BRILLANTS.
CE SONT TES YEUX QUI ME PERMETTENT DE RESTER HUMAIN.
QUAND TU ME REGARDES, ON DIRAIT QUE JE REDEVIENS UN HOMME.

COMMENT ?
HA...
QUOI ?
UTO...
SA.
MMH...
MMH !
MMH !

HA...
PAF
TU...
TU ME PRENDS ENCORE POUR L'IMPÉRATRICE ?!
NON, TU ES TAO.
JE VOULAIS SIMPLEMENT TE SERRER DANS MES BRAS, EST-CE BIZARRE ?

QUOI... ?
FWIP
HEIN ?
FWIT
UTOSA !
AH !
TAO.
TAO...
FWISH
BRR
MMH !
......
FWIT
BRR
AH !
AH !
BRR
AH !
TAO.

SSH
... !
TU ES BIEN DUR...
U...
TOSA...
AH !
BRR
FROUSH
FWIP
!
SSH
AH !
AH !
AH !
AAH...
FWIT
... !

SSH
ズプ
AH!
SSH
ズヅ
SSH
ズプ
MMH...
HA!
BRR
ズチュ
AH!
FWISH
ズヅ
AH!
AH!
FWIT
ひくっ
AH!
MMH!
BRR
びくんっ
AH!
AH!

AH...
FWIT
くちゅり
AH!
ズブ
ッ
SSH
BRR
MMH...
FWIP
くちゅ
FWIP
HA...
ハァ
TAO...

UTOSA ?
TAO...
EST-CE QUE PENDANT TOUT CE TEMPS...
TU M'AS AIMÉ DE CETTE FAÇON ?

UTOSA...
JE T'AI TOUJOURS DÉSIRÉ... !
TOU-JOURS !
TOU-JOURS !
LES NUITS OÙ TU N'ÉTAIS PAS LÀ...
JE ME DEMANDAIS S'IL ÉTAIT POSSIBLE DE VIVRE ENSEMBLE DANS CE PAYS QUE TU AS FONDÉ.
PUIS, FINALEMENT...
J'AI COMPRIS POURQUOI TU AS DÉCIDÉ DE QUITTER L'EMPIRE.
UTOSA.
TU N'AS PLUS BESOIN DE CRAINDRE L'ÉTERNELLE SOLITUDE.

JE METTRAI FIN À TA VIE D'HOMME DE MES PROPRES MAINS.
JE NE TE LAISSERAI PAS SEUL DANS CE MONDE EN TANT QUE MONSTRE.
UTOSA.

EN ATTENDANT CE JOUR...
PEUT-ON RESTER TOUS LES DEUX ENSEMBLE ?
END

JE SAIS !
PARTONS EN VOYAGE !
Épilogue
UN VOYAGE ?
SSH
S'IL EXISTE UN REMÈDE POUR DEVENIR IMMORTEL, NE CROIS-TU PAS QUE L'INVERSE EST POSSIBLE ?!
POUR MOURIR VIEUX ?
OUI !
POUR QUE TU REDEVIENNES HUMAIN !
AH AH !
OU ALORS...
DEVIENS IMMORTEL TOI AUSSI !

HEIN ?
FWISH
QUAND ON S'EST RENCONTRÉS, TU RESSEMBLAIS À L'IMPÉRATRICE…
MAIS TU ES DEVENU UN HOMME.
UN HOMME ADMIRABLE.
SMACK
MMH !

TOI...
ET MOI...
SMACK
SMACK
RESTER ENSEMBLE...
HA !
SMACK
SMACK
AH !
SLURP
AH !
SLURP
SLURP
BRR
AH... AH !
AH !
DIS !
POUR TOUJOURS SANS VIEILLIR, N'EST-CE PAS UNE BONNE IDÉE ?
BRR
ALORS ?
AH !
FWIP

TU...
TU VEUX CONTINUER À ME FAIRE ÇA POUR L'ÉTERNITÉ ?
JE N'AI PAS LE DROIT ?
FWIT
ÇA N'A PAS L'AIR DE TE DÉPLAIRE...
FWIT
BRR
AH ! AH !
AH !
AH !
AH !
BRR
BRR
AAH...
SPLURT
AAH !
BRR

HA...
HA...
SMACK
SMACK
SMACK
SMACK
HA...
UTOSA...
SMACK
BRR
SMACK
MMH ?
SMACK
SMACK

SI TU VEUX...
NOUS VIVRONS TOUS LES DEUX COMME DES MONSTRES JUSQU'À LA FIN DES TEMPS.
AH AH ...

ET SI ON LE FAISAIT CE VOYAGE ?
NOUS VERRONS BIEN CE QUE NOUS RÉSERVE L'AVENIR.
END

L'empereur et le monstre

Original Cover Design : arcoinc

HANA

www.boys-loves.fr

Édition Française Boy's Love IDP 2023

Traduit du japonais par Valentine Seyteur
Responsable Editorial & Production : Tony Mr P

Dépot légal : Mai 2023

ISBN 978-2-38276-380-3
ISSN 2743-4435

Imprimé par GZ Digital Media as